| | |
|---|---|
| 文 | 鞏孺萍 |
| 圖 | 王祖民 王鶯 |
| 責 任 編 輯 | 倪瑞廷 |
| 美 術 編 輯 | 蘇怡方 |
| 董 事 長 | 趙政岷 |
| 總 編 輯 | 梁芳春 |
| 出 版 者 | 時報文化出版企業股份有限公司 |
| | 108019台北市和平西路三段240號七樓 |
| 發 行 專 線 | (02)2306-6842 |
| 讀者服務專線 | 0800-231-705、(02)2304-7103 |
| 讀者服務傳真 | (02)2304-6858 |
| 郵 撥 | 1934-4724時報文化出版公司 |
| 信 箱 | 10899臺北華江橋郵局第99信箱 |
| 統 一 編 號 | 01405937 |

copyright © 2024 by China Times Publishing Company

| | |
|---|---|
| 時 報 悅 讀 網 | www.readingtimes.com.tw |
| 法 律 顧 問 | 理律法律事務所 陳長文律師、李念祖律師 |

Printed in Taiwan

| | |
|---|---|
| 初 版 一 刷 | 2024年1月5日 |

**大象在哪裡便便?**©

# 大象在哪裡便便？

文－鞏孺萍　圖－王祖民　王鶯

一隻大象要便便了。

大象不能隨便大便！

為什麼？

要是剛好鼴鼠
在地下挖洞……

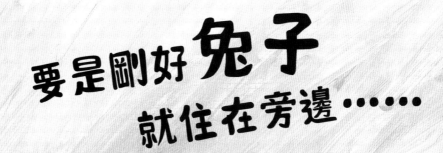

要是剛好**兔子**
就住在旁邊……

要是紅鶴
不小心踩到……

要是壓壞了
野豬的花……

13

要是擋了

**小鴨子**的路……

要是剛好田鼠在附近吃東西⋯⋯

要是弄髒了
**天鵝**的
白襯衫……

要是砸到了
**鱷魚**的頭……

21

要是糞金龜
忙不過來……

總之，大象不能隨便大便！

那我要在哪裡便便？

一通！

## 鞏孺萍

　　中國作家協會會員，海外華文女作家協會會員，曾獲冰心兒童文學新作獎、中日友好兒童文學獎、江蘇省紫金山文學獎。作品入選「向全國青少年推薦百種優秀出版物」、中俄文學作品互譯出版項目、「中國童書榜」100佳童書、上海好童書、桂冠童書等。

　　著有《窗前跑過栗色的小馬》《我的第一本昆蟲記》《打瞌睡的小孩》《今天好開心》等兒童詩集以及繪本。作品被譯成英語、法語、俄語、阿拉伯語、越南語、土耳其語等多種語言在海外出版，並被美國普林斯頓大學兒童圖書館、德國慕尼黑國際青少年圖書館永久收藏。

## 王祖民

　　蘇州人，現任《東方娃娃》藝術總監，著名兒童圖書插畫家、資深編審、《兒童故事畫報》原主編。代表作有《會飛的蛋》《梁山伯與祝英台》《新來的小花豹》《豬八戒吃西瓜》《虎丘山》《我是老虎我怕誰》《六十六頭牛》等。其中，繪本《虎丘山》曾獲聯合國教科文組織「野間獎」，《我是老虎我怕誰》入選2016年博洛尼亞國際插畫展，《六十六頭牛》獲第二屆圖畫書時代獎銀獎。

## 王鶯

　　南京師範大學美術學院畢業，現任江蘇經貿學院藝術系美術教師，曾於2013年赴美國加利福尼亞大學做訪問學者。《我是老虎我怕誰》繪者之一，代表作繪本《丁點兒貓找朋友》獲江蘇省「五個一工程」獎。